INVENTAIRE
Ye 15.568

LES

CASTILLANNES,

PAR

MAURICE BLANCHARD.

LILLE.

L. LEFORT, LIBRAIRE, IMPRIMEUR DU ROI,
RUE ESQUERMOISE, N.° 55.

1824.

LES

CASTILLANNES.

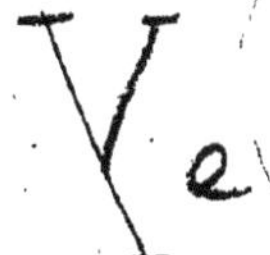

15568

A PARIS,

CHEZ RAYNAL, LIBRAIRE,

RUE PAVÉE SAINT ANDRÉ DES ARTS, N.º 13.

DE L'IMPRIMERIE DE L. LEFORT.

LES CASTILLANNES,

PAR

MAURICE BLANCHARD.

LILLE.

L. LEFORT, LIBRAIRE, IMPRIMEUR DU ROI,

RUE ESQUERMOISE, N.º 55.

—

1824.

À

Son Altesse Royale

Madame la Duchesse d'Angoulême.

———

O Princesse adorée !

Pardonne au jeune auteur

Dont la muse égarée,

Comptant sur ta douceur,

Osa dans son délire

Moduler sur sa lyre

Les illustres travaux

De ce vaillant héros .

Qui foudroya l'impie,

Ecrasa le pervers,

Et sut briser les fers
De l'antique Ibérie.

Princesse, votre amour,
Souris à ma foiblesse ;
Laisse-moi d'un beau jour
Goûter toute l'ivresse.
La tendre humanité,
Ta compagne chérie,
Fait avec la bonté
Le charme de ta vie.
Avec cette douceur
Et cette bienfaisance,
Qui calment le malheur,
Apaisent la souffrance,
Daigne accueillir mes vers ;
Et ma muse timide,
De ton sourire avide,
Bénira ses concerts.

PREMIÈRE CASTILLANNE.

Au delà des monts sourcilleux
Dont la chaîne étendue, immense,
Sépare notre belle France
D'un peuple brave et généreux,
Quelles clameurs se font entendre!
Un trône avec fracas tombe sur des débris.
Les Castillans, naguère unis pour se défendre,
Ont-ils tourné contre eux le glaive des partis?
Citoyens et soldats sont armés de la foudre;
La flamme en tourbillons dévore les hameaux;
Sous la hache et le feu que guident les bourreaux,

Les temples, les cités s'abîment dans la poudre.

Aux pieds des saints autels le prêtre est égorgé,

Et mourant pour son Dieu, son Prince et sa patrie,

    Il refuse d'être vengé.

    O honte! ô fureur inouie!

L'enfant et le vieillard sont tous deux moissonnés,

Leur âge, leurs vertus ne sont point épargnés;

Et la vierge tremblante, arrachée à sa mère,

Oppose vainement aux lâches ravisseurs

Une innocente vie et ses pudiques pleurs,

Elle vient expirer sous les yeux de son père.

Au citoyen paisible on présente des fers,

L'échafaud est dressé, les cachots sont ouverts.

Des supplices bravant l'appareil redoutable,

Une garde fidèle à l'honneur, à son Roi,

Dans ce péril affreux va lui prouver sa foi:

Elle serre ses rangs, barrière formidable,

Depuis long-temps contre elle on fait de vains efforts;

    Mais de fatigues épuisée,

Jonchant la terre de ses morts,
Aux pieds de Ferdinand elle tombe écrasée.

Gloire immortelle à la fidélité !
Son feu sacré donne le vrai courage;
L'exil, la mort, les fers de l'esclavage
N'ébranlent point la noble déité.
Je l'ai vue immoler, sur ce prochain rivage,
Le fantôme sanglant qu'on nommoit liberté;
Je fixois mon pays d'un œil épouvanté,
Quand elle vint d'Henri relever l'héritage.
L'exemple du passé pour vous est-il sans prix?
Castillans, arrêtez..... embrassez-vous en frères!
O France! faudra-t-il leur tracer tes misères,
Lorsque des flots de sang ruisseloient dans Paris,
Que des fils inhumains , armés contre leurs pères,
Trempoient leurs bras sanglans dans le sein de leurs mères.
Eh! quoi! notre long deuil, nos tristes passions,
Seroient pour l'univers d'inutiles leçons!
Malheureuse Castille! ah! quel démon t'inspire?
Jette les yeux sur nous : vois de ce noir cachot

Sortir le fils des Rois, il marche à l'échafaud.

C'est Louis...... tout un peuple a pleuré son martyre.

Grand par sa dignité, plus grand par ses douleurs,

Il brave de la mort les cruelles horreurs.

Vois briller sur son front l'immortelle couronne,

Entouré d'assassins, il meurt et leur pardonne.

Malheureuse Castille! épargne à tes enfants

De ces crimes affreux les récits effrayants.

Du noble sang des Rois ne sois jamais avide,

Souviens-toi que le Ciel punit le régicide.

Est-il fini pour vous le règne des vertus ?

Espagnols! Castillans! vos autels abattus,

D'un peuple furieux attestent le délire.

De cet affreux volcan, si fatal à l'empire

Que Louis vint sauver pour la seconde fois,

Une seule étincelle a porté l'incendie

Jusqu'au delà des monts, sous vos paisibles toits,

Et dévore déjà le sein de la patrie.

Nation de guerriers! peuple de l'Aragon!

Faut-il te rappeler les beaux jours de ta gloire,

Quand tes enfans guidés par la Religion,

A l'Arabe inhumain disputoient la victoire ;

Oserois-tu ternir de si nobles exploits,

Renverser tes autels, méconnoître tes Rois ?

Redoutez, Castillans, de nouvelles chimères,

Soyez heureux encor, vivez comme vos pères.

Vaillants dans les combats, actifs, industrieux,

Conservez de leurs mœurs l'exemple précieux.

Prosterné sur la cendre, et couvert d'un cilice,

L'anachorète en paix offroit son sacrifice.

Aux portes des couvens le pauvre et l'orphelin

N'attendoient pas long-temps un asile et du pain :

Avec quel zèle ardent, dans leurs saints ministères,

Les Pères de la Foi soulageoient leurs misères ;

Leur divine parole épuroit tous les cœurs,

Unissoit les partis, et calmoit les douleurs.

Que réserve le ciel à vos excès coupables ?

Les temples aujourd'hui, les cloîtres sont déserts ;

Le silence et la mort, dans vos tristes revers,

Répondront seuls, hélas ! à vos cris lamentables.

Inutiles discours !

Rien ne peut arrêter ce torrent dans son cours.

Les affreuses Cortès en corps se réunissent :

Les fers du Roi captif dans nos cœurs retentissent.

Le génie infernal des révolutions

Lève sa tête homicide,

Tandis que Riégo, d'une main parricide,

Trace l'édit de ses proscriptions.

DEUXIÈME CASTILLANNE.

Muse de Florian, vous fuyez le rivage,

Que dans son cours heureux fertilise le Tage.

Là jadis vos concerts animoient les hautbois;

Aux chansons des bergers vous mêliez votre voix;

Zéphire folâtroit sur ces rives chéries,

Et l'amour se jouoit sur l'émail des prairies.

      Tout un peuple furieux

      Aujourd'hui vous exile

      Des côteaux délicieux

      De l'heureuse Castille.

Bellone pousse au loin ses affreux sifflemens;

Le deuil de nos cités a passé dans nos champs.

L'enfant épouvanté court embrasser sa mère,

Le fils, par ses regards, interroge son père :

    « Va, dit le vieillard, va, mon fils,

  Servir ton Dieu, ton Prince et ton pays.

    Hélas! je maudis ma foiblesse :

  Que n'ai-je encor ta force et ta jeunesse !

    Je te suivrois dans les combats,

Oui, j'irois partager ta gloire ou ton trépas.

La vieillesse m'enchaîne : ô comble des misères !

Mon fils, tu vas combattre, et c'est contre tes frères !

Modère, s'il se peut, ta bouillante valeur,

Dans ce peuple égaré qui marche sans pasteur,

Distingue l'innocent, ne frappe que l'impie

Dont les cruelles mains déchirent la patrie. »

Le jeune Castillan tressaille à ce discours,

Il obéit, il part ; mais d'une main fidelle

    Il trace pour son Estelle

    Ses adieux, ses amours.

Le guerrier est parti, le jour devient plus sombre,

A ses rayons naissans la nuit mêle son ombre.

O fille de Rémond, peindrai-je ta douleur?

La vierge des vallons cherche en vain son vainqueur.

La lettre des adieux est dans sa main tremblante,

Elle y porte les yeux et soudain pousse un cri :

    « Pleure, pleure, tendre amante!

    « Pleure cet amant chéri. »

Sur l'écorce attendrie Estelle trouve encore

Ses noms entrelacés à celui qu'elle adore,

Et l'arbre hospitalier et le bord des ruisseaux,

Dont l'ombre et la fraîcheur protégeoient ses agneaux.

Des yeux elle parcourt les montagnes voisines,

S'arrête tristement sur le front des collines :

Rien ne répond, hélas ! à ses vœux superflus,

Le vallon est désert, l'oiseau ne chante plus.

    « Némorin fuit les bords heureux du Tage,

    Les jeux, les ris désertent son rivage;

    J'entends redire aux échos d'alentour :

    La guerre exile l'amour.

« Un deuil affreux attriste la nature,

Le foible agneau, des loups est la pâture ;

La rose meurt aux premiers feux du jour :

    La guerre exile l'amour.

« Arbre chéri, caché sous ton feuillage,

Le rossignol se plaint d'un long veuvage,

De son amie il attend le retour :

    La guerre exile l'amour.

« Dans la vallée, ainsi la tendre Estelle

Chante ses maux et sa peine cruelle ;

Son cœur soupire, il languit nuit et jour :

    La guerre exile l'amour. »

Mais quels cris douloureux épouvantent le Tage !

Rémond est dans les fers ; on l'insulte, on l'outrage.

De sa fille éplorée un soldat inhumain

Arrache le vieillard, et lui perce le sein.

Dans les mains du barbare un cimeterre brille,

Il parle de vengeance et de guerre civile,

Des maux qu'il nous prédit, fatal avant-coureur,

Les traits du forcené nous ont glacés d'horreur.

Ah ! du Ciel offensé redoutez la colère :

Castillans ! un fléau plus affreux que la guerre

Désole vos cités : d'un aspect effrayant,

Il marche précédé d'un nuage sanglant ;

La peste au front livide et la fièvre brûlante

Déchirent lentement la victime expirante :

Le soleil s'obscurcit, l'air est empoisonné,

Le moribond, des siens se trouve abandonné :

Errant en furieux sur les places désertes,

Il étanche sa soif dans des eaux toujours vertes.

Tout son corps se dissout, et tombe par lambeaux,

Les villes ne sont plus que de vastes tombeaux.

Sur la cîme des monts tous les troupeaux languissent,

Dans des tourmens affreux les animaux périssent.

De leurs flancs déchirés, du milieu des vapeurs,

S'échappent par milliers des insectes rongeurs.

L'enfer se réjouit, et les oiseaux de proie,

Voltigeant dans les airs, poussent des cris de joie.

Eux-mêmes, se livrant de sinistres combats,

Meurent sans terminer leurs funestes repas.

Quand ces maux inouis ravagent vos familles,

Enlèvent les vieillards, vos femmes et vos filles,

Vous écoutez, cruels, la rage des partis,

Vos temples, vos autels tombent anéantis.

De ce trône illustré par la vertu sublime,

Vous chassez votre Roi pour y placer le crime.

A cet affreux tableau l'humanité s'enfuit,

Le jour mêle son deuil aux ombres de la nuit.

L'épouvante et la mort volent dans Barcelonne;

Ceux que la peste épargne, un poignard les moissonne,

TROISIÈME CASTILLANNE.

HATEZ-VOUS de combler, monarques généreux,

Des révolutions l'abîme ténébreux.

De ses noirs souterrains s'échappe l'anarchie,

C'est un enfer terrestre où conspire l'impie;

Sous le fer musulman le Grec tombe égorgé :

Il est chrétien, il meurt, et sans être vengé !

Dans l'enceinte sacrée où florissoit Athènes,

Je n'entends plus tonner la voix de Démosthènes,

Et l'ombre de Socrate a déserté les lieux

Que profanoit encor l'image des faux dieux.

Athènes ! montre-moi tes superbes portiques,

Tes palais somptueux, tes places magnifiques:

Où sont ces étrangers et ces flots d'habitans,

Tour à-tour citoyens, juges et combattans?

Je cherche en vain ta flotte et tes académies;

Les palmes de Conon sont-elles donc flétries?

Tes temples et tes ports aujourd'hui sont déserts,

L'Athénien est courbé sous le poids de ses fers,

Et les arts, exilés du lieu de leur naissance,

Ont laissé dans tes murs le deuil et l'ignorance.

Des révolutions déplorables effets

Qui nous lèguent des fers, des débris, des regrets.

Sortez de vos tombeaux, Datame, Miltiade,

Thémistocle, Cimon, Eumène, Alcibiade!

Opposez votre gloire à ces fiers Musulmans,

Et toi * fils de Lycus, viens chasser les tyrans!

Qu'un autre Thrasybule éteigne l'incendie

Qui consume la Grèce et dévore Candie.

Ah! que n'ai-je un autre pinceau!

* Thrasybule, fils de Lycus, a chassé les trente tyrans envoyés par Lacédémone,
pour opprimer Athènes, sa patrie.

Je tracerois d'une main plus hardie,

Et les malheurs de la triste Chio,

Et les ruines d'Étolie.

La flamme du bûcher porte au loin la terreur,

Et la torche à la main un monstre destructeur,

Renverse les états, foule aux pieds les couronnes,

Enflé par ses succès, il dispose des trônes.

Debout à ses côtés marchent l'ambition,

L'intérêt, la vengeance et la proscription.

De pays en pays, de contrée en contrée,

Il promène la mort de meurtres entourée.

Rien ne peut l'arrêter, reptile furieux,

Il ose défier et la terre et les cieux.

Chassé par les Germains des bords de la Sicile,

Pour venger sa défaite, il aborde en Castille.

Là, par des factieux, le monstre est accueilli,

De la rebellion l'étendard avili

Avec orgueil encor dans les airs se déploie ;

Le transfuge à sa vue éclate en cris de joie.

Au nom de Ferdinand on lance des édits ;

La vertu, les talens tour à tour sont proscrits,

Et veuve de son Roi, l'Espagne désolée

Meurt sans secours aux yeux de l'Europe troublée.

Que dis-je! ô Ferdinand! un Roi ton allié,

Par le nom, par le sang à ton trône lié,

Un monarque chéri que révère la France,

Au fond de ton cachot a porté l'espérance.

Aux hommes égarés il propose la paix,

Leur parle de pardon, leur promet des bienfaits;

Ses conseils paternels que détruit l'artifice,

Se perdent au milieu d'un peuple confondu :

    A sa voix conciliatrice

    La fureur seule a répondu.

« Aux armes, c'en est fait, milices de la France!

» D'un fils de SAINT-LOUIS allez briser les fers :

    » Sur vous, sur votre vaillance,

    » Se repose l'univers.

» Long-temps votre courage enchaîna la victoire,

» Le glaive dans vos mains étoit pour conquérir;

» A votre bras le Ciel réserve une autre gloire,

» Un trône est chancelant, volez pour l'affermir.

» Illustres descendans des héros de Bouvines,

» Un peuple enseveli sous d'affreuses ruines

» Ne sera pas le prix de vos brillans exploits;

» Du malheur opprimé vous défendrez les droits,

» Et ramenant l'Espagne à son Roi légitime,

» Dans son dernier repaire allez punir le crime.

» Heureux, trois fois heureux le guerrier que le Ciel

» Arma pour protéger et le trône et l'autel :

» Toujours d'un Dieu vengeur la foudre étincelante,

» Guide dans les combats sa marche triomphante.

» Et toi, toi que mon cœur aime à nommer mon fils,

» D'ANGOULÊME, arme-toi de ta vaillante épée,

» Des Français sois le chef; un jour la renommée

» Dira qu'un rejeton des fils de SAINT-LOUIS,

» Foudroyant les tyrans qui vouloient tout détruire,

» De l'Espagne tremblante a relevé l'empire.

» Va rendre au Castillan ses autels et ses lois,

» Qu'il doive à ta valeur le salut de ses Rois;

» Va remplir, ô mon fils, ma plus douce espérance,

» Ajoute ton triomphe aux lauriers de la France ;

» Que Ferdinand soit libre, et cent mille guerriers,

» Dans le temple sacré poseront leurs lauriers !

» Français et Castillans, aux pieds du sanctuaire,

» Par des concerts pieux termineront la guerre. »

Ainsi parle LOUIS, et ses vaillans soldats

Rangés près d'ANGOULEME aspirent aux combats.

Leurs sermens sont sacrés, et leurs palmes fécondes

Ont laissé dans les camps des racines profondes.

La France les contemple, elle s'enorgueillit ;

Devant ses étendards le factieux pâlit ;

Tout s'ébranle, et des lys l'éclatante bannière

Arrive et se déploie au loin sur la frontière.

QUATRIÈME CASTILLANNE.

O MUSE! couvre-toi de tes habits de deuil,

Que les sons de ta lyre émanent du cercueil!

Aux regards effrayés des peuples de Castille

Etale les horreurs de la guerre civile.

Montre-nous ces vieillards mourant abandonnés;

Ces enfants au berceau, par le fer moissonnés.

A la foi des sermens succède le parjure,

Tout a perdu ses droits, l'amour et la nature.

O fille de Fernand! tu fis couler mes pleurs;

Muse, reprends ta lyre et chante ses douleurs.

4

« Au sein de l'heureuse Castille,

Dans un vallon délicieux,

Fernand couloit près de sa fille

Des jours que protégeoient les Cieux.

Au milieu des combats, pour servir sa patrie,

Il a vu s'écouler le printemps de sa vie ;

Sans goûter de repos, son automne a passé,

Et ses cheveux blanchis, son front cicatrisé

Alloient braver encore et les vents et l'orage,

Quand le Dieu des combats, fatigué de carnage,

Rendit au Castillan l'héritier de ses Rois.

» L'Espagne triomphante avoit repris ses droits :

Fernand avec orgueil contemploit sa patrie ;

Il partageoit sa gloire, et son ame attendrie

Croyoit presser déjà sa femme, ses enfants,

Depuis long-temps promis à l'hiver de ses ans.

Il arrive, ô douleur ! à ses maux il succombe,

Son épouse n'est plus, ses fils sont dans la tombe.

Lorsque la mort sembloit respecter sa valeur,

La cruelle enlevoit l'idole de son cœur.

» D'où partent ces sanglots? Quelle est l'infortunée·

Aux genoux du vieillard humblement prosternée?

Sa fille est échappée au glaive des tyrans,

Anaïde survit au deuil de ses parens ;

Son amour empressé, son zèle infatigable

Adoucissent les maux du guerrier vénérable ;

Et Fernand, relevant son courage abattu,

Veut vivre pour former sa fille à la vertu.

» Le tendre ormeau, dans la forêt prochaine,

De ses timides bras entrelace le chêne.

Sous l'arbre hospitalier, il brave les autans,

Et présente des fruits à peine en son printemps.

  Ainsi la jeune Castillanne,

   Plus flexible que la lianne,

   Croît et s'embellit chaque jour ;

Son ame se remplit de vertus et d'amour.

Le Ciel, toujours propice aux leçons d'un bon père,

Sembloit aider Fernand dans son saint ministère.

» Quelquefois le vieillard devenoit plus rêveur,

Il vouloit repousser une triste pensée :

Hélas ! se disoit-il, jeune et timide fleur,

Anaïde bientôt tu seras délaissée.

Vingt fois dans les combats j'ai su braver la mort,

Et son aspect pour moi n'avoit rien de terrible ;

Je suis seul aujourd'hui pour veiller sur ton sort ;

Que la tombe à mes yeux est devenue horrible !

Qui te garantira d'un monde corrupteur ?

Quel mortel bienfaisant sera ton protecteur ?

» Il finissoit ces mots dictés par la nature,

Quand soudain, sous le poids d'une brillante armure,

Paroît à ses regards un valeureux guerrier,

Gonzalve, le front ceint d'un immortel laurier.

Les charmes d'Anaïde avoient dompté cette ame

Depuis long-temps rebelle à l'amour qui l'enflamme,

Et subissant enfin le joug de son vainqueur,

Gonzalve d'Anaïde attendoit son bonheur.

» A ce jeune héros, l'honneur de la Castille,

Fernand se promettoit d'unir un jour sa fille.

Il voyoit s'accomplir le plus cher de ses vœux,

Et même sur la tombe il se croyoit heureux.

  Anaïde , sans artifice ,

  Entr'ouvroit son cœur à l'amour,

  Tel le lys ouvre son calice

   Aux premiers feux du jour

» Hélas! qui vint troubler cette union si chère?

Anaïde! quel bras osa frapper ton père?

Combien doit peu durer le bonheur des amants!

Que leurs plaisirs sont courts, et qu'ils sont inconstants ;

Aux douceurs de la paix succèdent les alarmes ,

La Castille frémit ; partout on crie aux armes ;

Doublement infidèle à l'amour, à sa foi,

Gonzalve a pu trahir Anaïde et son Roi.

Heureux de se livrer à sa fougue guerrière ,

L'ingrat a de l'impie arboré la bannière.

Il attaque, il renverse un trône chancelant,

Et l'Ebre furieux roule des flots de sang.

Dans ce péril affreux , Fernand, l'ame attendrie,

Ne songe qu'à venger sa fille et sa patrie.

Malgré ses cheveux blancs, sa profonde douleur,

Il se rappelle encor son antique valeur.

Aux foibles il promet son appui tutélaire,

Anaïde tremblante accompagne son père.

Sous les traits d'un guerrier, la fille de Fernand

Court présenter son sein au fer de son amant.

Dans ces jours désastreux, les amis et les frères

Se livrent sans remords des combats sanguinaires.

» Derrière la cîme des monts

Le soleil se hâtoit de cacher ses rayons;

Des éclairs incertains perçoient la nuit obscure,

Les guerriers reposoient couchés sur leur armure.

Fernand avec sa fille adoroit l'Éternel,

Et leurs vœux réunis alloient fléchir le Ciel.

Tout-à-coup des clameurs dans le camp retentissent,

Les glaives sont croisés, et les coursiers hennissent.

Citoyens et soldats s'égorgent dans la nuit,

L'humanité recule, et la pitié s'enfuit;

Gonzalve, de leur sang cruellement avide,

A foulé sous ses pas les restes d'Anaïde :

Elle vient expirer aux pieds de l'étendard,

Où veut combattre encor l'intrépide vieillard.

Contre le fier guerrier, d'une main défaillante,

Il lève vainement une épée impuissante;

Dans son erreur Gonzalve insulte à ses efforts,

Et Fernand terrassé roule parmi les morts.

De son dernier regard il cherche encor sa fille,

Et meurt en implorant le Dieu de la Castille.

Au fer des meurtriers opposant ses vertus,

Ainsi tomba Priam sous les coups de Pirrhus.

» Qui dépeindra le deuil de cette nuit horrible?

Qu'à son réveil, hélas! le jour parut terrible!

Gonzalve épouvanté n'ose lever les yeux,

Il craint de rencontrer Anaïde et les Cieux.

A l'aspect effrayant des maux de sa patrie,

Pour la première fois son ame est attendrie;

Tous ses sens sont glacés d'une muette horreur,

Il maudit sa victoire, et se perce le cœur. »

A ce fatal récit, héros de la Castille !

Resserrez les liens de la grande famille :

Mettez fin, sans tarder, à vos sanglans débats,

A son peuple égaré Ferdinand tend les bras.

Vous repoussez, cruels, la voix de la clémence,

Contre vous, vous armez les enfans de la France.

CINQUIÈME CASTILLANNE.

——————

D'Angoulême a paru, les factieux troublés

Menacent en fuyant nos guerriers assemblés.

La tente du héros s'élève dans la plaine,

De nombreux escadrons circulent dans l'arène ;

La terre est ébranlée et frémit sous leurs pas,

D'Angoulême a donné le signal des combats.

Hohenloh, Canuel, aux champs de la Navarre,

Vont cueillir les lauriers que le Ciel leur prépare.

L'intrépide Vallin aux transfuges surpris

Oppose son épée et répond à leurs cris.

L'airain tonne.... Ils ont fui, ces soldats sans courage !

5

Ils vont cacher au loin leur impuissante rage !

Le drapeau blanc triomphe, et la Bidassoa

Accueille sur ses bords d'Eroles, Quesada :

Tous deux, nourris au sein de la triste Castille,

Combattent pour l'Antel, leur Prince et sa famille.

Leurs noms fameux, gravés par la fidélité,

Passeront glorieux à l'immortalité.

Les rebelles guidés par la soif du carnage,

De l'Ebre à nos guerriers disputent le passage.

Molitor les poursuit, foule leurs bataillons,

De leurs débris sanglans engraisse les sillons.

Au champ de Logrono brille encor sa vaillance,

Il enlève Grenade et délivre Valence.

Ballesteros pour vaincre a fait de vains efforts,

Ses étendards surpris gissent parmi les morts.

Conduit par la Victoire, au fond des Asturies,

Bourck a vu triompher ses troupes aguerries.

La Galice bientôt cède à tant de valeur,

Et Morillo lui-même est soumis au vainqueur.

Un fils de la Vendée * entre dans la Corogne ;

* Le général Larochejaquelain.

Le valeureux Moncey combat en Catalogne.

Là, Curial poursuit le chef des factieux ;

Intrépide soldat, redoutable en tous lieux ,

Mina promène encor sa phalange ennemie.

Reptile dangereux il plie et se replie :

Tantôt dans la campagne et tantôt sur les monts ,

Il lasse nos guerriers et fuit nos bataillons.

Donnadieu tout-à-coup vient changer la fortune ;

Fameux dans les combats , terrible à la tribune ,

Il exhorte, il inspire, et ses vaillans soldats

Franchissent les rochers pour trouver des combats!

Mina court éperdu, sa ruse l'abandonne ,

Et s'arrêtant encore aux murs de Barcelonne ,

Il fuit devant Moncey, le Nestor des guerriers.

Et toi, fier de compter parmi nos grenadiers,

Jeune de Carignan*, tu quittes ta patrie.

Au milieu des périls , sans égard pour ta vie ,

Ton bras veut partager la palme des héros

* Le prince de Carignan a daigné recevoir les épaulettes de grenadier français.

Que signalent déjà de si nobles travaux.

Oppose ton courage aux fureurs de Bellone,

La renommée aussi te tresse une couronne.

Les factieux vaincus et partout terrassés

Cherchent en vain leur chef dans leurs rangs dispersés:

Abisbal égaré connoît son impuissance,

Et du héros français implore la clémence.

Ses soldats effrénés, errant sans étendards,

Égorgent dans Madrid les femmes, les vieillards.

Ces lâches fugitifs, ces bourreaux sans courage,

Sur un sexe timide assouvissent leur rage.

Les lieux les plus sacrés sont pleins de leurs fureurs,

Ils n'osent retarder la marche des vainqueurs ;

Et courbé sous ses fers, le Roi de la Castille,

Est conduit prisonnier dans les murs de Séville.

Là, de nouveaux forfaits, de nouveaux attentats,

Signalent les Cortès dans leurs sanglans débats.

Des discours enflammés autorisent le crime,

Le régicide attend son auguste victime.

D'Angoulême suivi d'un essaim de héros,

Court arracher le fer de la main des bourreaux.

Ces tigres furieux poussent des cris de rage,

Echappent par la fuite aux horreurs du carnage,

Et saisissant leur proie, entraînent Ferdinand

Loin de ses fiers vengeurs, sur un rocher sanglant.

Cadix, de tes remparts contemple cette armée

De zèle pour ses Rois et d'amour enflammée.

Un fils de SAINT·LOUIS commande les Français ;

Redoutable aux méchans, il punit leurs excès.

Vois ces nombreux vaisseaux foudroyer tes murailles ;

La mer au loin mugit sous l'airain des batailles.

Le Ciel délaisse un peuple ennemi de son Roi,

Et la terre et les flots se retirent de toi.

Sur ton rocher funèbre en vain le crime espère

Se frayer un chemin dans un nouveau repaire.

Entouré, poursuivi, le monstre audacieux

Fait éclater encor ses transports furieux ;

Du monarque captif il resserre la chaîne,

Appelle à son secours le carnage et la haine;

Un poignard à la main, terrible il se défend,

Son aspect est farouche, et son œil teint de sang.

D'Angoulême poursuit le monstre formidable,

Oppose à tous ses coups son glaive redoutable.

Au milieu des périls et du feu des canons,

Dans le Trocadéro guidant ses bataillons,

Sa valeur héroïque étonne les rebelles;

Le fer tombe brisé de leurs mains infidèles.

Dans les traits du guerrier ils ont cru voir Henri

Enchaînant la victoire au champ fameux d'Ivry.

Illustres défenseurs de l'autel et du trône,

De ces nouveaux lauriers parez votre couronne.

Bordesoule, Bourmont, intrépides héros,

N'arrêtez pas le cours de vos brillans travaux:

La foudre gronde encore, et le Dieu des batailles

Jusque dans San-Pétri porte les funérailles.

Sur les flots balancés nos marins triomphans

Écrasent sous ses murs les derniers combattans.

Devant les fiers rivaux * de Forbin , de Tourville , **

S'abaissent les remparts d'une superbe ville.

Du haut de son rocher un fantôme effrayant

Tombe et s'ensevelit dans un bourbier sanglant.

De sa chute les Cieux et les mers retentissent ;

Les peuples sont vengés, les trônes s'affermissent :

D'Angoulême a rompu de ses vaillantes mains

Les fers de Ferdinand, et changé ses destins.

A la voix du héros Cadix ouvre ses portes,

Et dans ses murs joyeux accueille nos cohortes.

* Les contre-amiraux Duperré et Des Rotours, commandant la flotte française devant Cadix.

** Marins célèbres qui ont illustré le pavillon français.

SIXIÈME CASTILLANNE.

Cesse de te couvrir des ombres du trépas,

Muse, ne chantons plus de sinistres combats,

Les Cieux ont retenti d'une douce harmonie,

Les flots se sont calmés, la terre est attendrie.

A son peuple égaré Ferdinand est rendu ;

Le pavillon des Rois à l'esquif suspendu,

De la fidélité proclame le courage :

Par les vents et les flots porté vers le rivage,

Ramenant avec lui le bonheur et la paix,

Le Roi de la Castille aborde au camp français.

6

(38)

A l'aspect du héros, soutien de sa couronne ,
Dont le bras invincible a relevé son trône,
Le Monarque espagnol, oubliant sa douleur ,
Montre ses fers brisés à son libérateur :
« Généreux fils d'HENRI, contemple ton ouvrage ,
» Viens recueillir, dit-il, le prix de ton courage.
» Ta main a rétabli nos temples abattus ,
» Sur le crime expirant, relevant les vertus ,
» De ses propres fureurs tu sauves la Castille ,
» Et rends un Roi captif aux vœux de sa famille.
» Comment récompenser de si nobles exploits ?
— » Ton amitié suffit, répond le fils des Rois,
» Heureux d'avoir comblé les désirs de la France,
» Sa gloire, ton bonheur, voilà ma récompense. »
Et pour toute rançon le Prince glorieux
Incline devant lui son front victorieux.

Par des concerts d'amour et des chants d'allégresse,
La Castille à son Roi témoigne son ivresse.
Ses pleurs ont effacé l'empreinte de ses fers,
Elle reparoît grande aux yeux de l'univers.

Devons-nous rappeler les maux et la souffrance

Du Prince vertueux que délivra la France :

Quand l'anarchie encor désoloit ses États,

-Que ses sujets entr'eux se livroient des combats ;

Les tyrans effrayés du sort qui les menace,

Pour dompter son grand cœur comptoient sur leur audace :

On resserroit sa chaîne, on dressoit l'échafaud,

Ferdinand leur crioit du fond de son cachot :

« Insensés ! croyez-vous, par l'aspect du supplice,

» Arracher de mon ame un honteux sacrifice ?

» De son peuple un Bourbon sera toujours l'appui,

» Il vit pour son bonheur, et sait mourir pour lui. »

Paroles mémorables,

Vous effrayez encor l'oreille des coupables.

Castillans, oubliez de si tristes fureurs,

Aux pieds du sanctuaire abjurez vos erreurs.

Ferdinand sur son trône a porté la clémence :

De là sur vos débris

Le fils de Saint-Louis

Répand les dons de sa munificence.

Ainsi l'astre brillant des Cieux
Fournit sa course journalière,
En versant des flots de lumière
Du haut de son char radieux.
A sa voix, illustres victimes,
Quittez vos cachots ténébreux ;
Sous un monarque généreux,
Les cachots sont faits pour les crimes.
Voyez le sot orgueil fléchir ;
Voyez tomber la tyrannie,
L'imposture, la perfidie,
Et le culte se rétablir.

Chantre de mon Estelle, exilé loin du Tage,
Reviens avec la paix embellir son rivage.
Que de ton luth encor les sons mélodieux
Raniment nos coteaux long-temps silencieux !
A ses divins accords les fleurs s'épanouissent,
Du retour des bergers les vallons retentissent.
« Mais quel est le héros, dit la mère à son fils,
» Dont le bras redoutable a sauvé ton pays.

» Sous les traits d'un mortel, ô quel Dieu tutélaire

» A foudroyé l'impie et terminé la guerre!

» Courons lui présenter des lauriers et des fleurs.

» Conduis-moi vers ce Dieu qui guide les vainqueurs.

» — Issu du sang des Rois, la France est sa patrie,

» Il se nomme ANGOULÊME, il est fils de LOUIS.

» Pour venger nos Autels il exposa sa vie,

» Et son nom de terreur glace nos ennemis.

» Fameux dans les combats, ce prince magnanime

» N'inspire de l'effroi qu'aux partisans du crime.

» Le Monarque opprimé trouve en lui son vengeur,

» Il console la veuve, accueille son malheur ;

» Puisse-t-il accepter notre encens, notre hommage,

» Et nous sourire encore en quittant ce rivage. »

Lorsque le Castillan se livre à ses transports,

Que du héros français il bénit les efforts,

La France avec orgueil contemple sa victoire,

La valeur d'un Bourbon a relevé sa gloire.

Ses lauriers ont repris leur antique splendeur,

Et brillent sur le front du modeste vainqueur.

Les temples sont ouverts, de célestes cantiques
Avec un pur encens s'élèvent vers le Ciel ;
Humblement prosterné sous les sacrés portiques,
Un peuple glorieux rend grâce à l'Éternel.

Dieu puissant des armées,
La terreur de ton nom glace les factieux,
Et ces Titans nouveaux qui menacent les Cieux,
Tombent sur les remparts des villes consumées.

L'impie est téméraire,
Il brave ton ministre, il méprise tes lois,
Et sourd à tes conseils, insensible à ta voix,
L'insensé ne fléchit que devant ton tonnerre.

Tu frappes le rebelle
Environné des siens, au milieu des grandeurs,
Lorsque malgré les flots et les vents destructeurs,
Tu sauves le nocher dans sa frêle nacelle.

Dans un ordre immuable

Tu régis à ton gré tout ce vaste univers;

Du monarque opprimé ta main brise les fers,

Et de liens honteux tu charges le coupable.

Gloire à ce Dieu terrible

Qui relève les Rois, sauve les nations;

Dans les champs espagnols guidant nos légions,

Tout fuyoit, tout cédoit à son bras invincible.

Gloire aussi soit rendue

Au prince magnanime, héritier de nos Rois:

Le Ciel voulut par lui faire observer ses lois;

Sa céleste faveur est sur nous descendue.

Père de la patrie,

Monarque vénérable, idole des Français,

A ta sagesse encor nous devons nos succès;

De tes seules vertus la France est ennoblie.

La gloire t'environne;

D'Angoulême a vaincu de cruels ennemis :

Sur le front glorieux du fils que tu chéris,

De tes augustes mains viens poser la couronne.

VERS

SUR LA NAISSANCE

DE

S. A. R. Mgr LE DUC DE BORDEAUX.

C'est maintenant, ô France, ô ma belle patrie !

Que tu peux sans réserve écouter tes transports :

Entends-tu dans les Cieux une douce harmonie

Célébrer le bonheur descendu sur tes bords ?

Avec lui le printemps ranime la nature ;

Philomèle reprend ses accords enchanteurs,

7

Et le lys étalant son aimable parure

Renaît pour nous charmer et fixer tous les cœurs.

———

Je te pleurois encor, ombre * trop magnanime,

Toi qu'un fer assassin conduisit au tombeau ;

Je regrettois BERRI, je maudissois le crime,

Quand soudain à mes yeux brille un astre nouveau :

De ses premiers bienfaits l'influence divine

Adoucit dans nos cœurs un cruel souvenir ;

France, réjouis-toi, le fils de Caroline

Promet à ton amour un heureux avenir.

———

Il ne pouvoit périr ce sang de race illustre,

Si fertile en héros et si cher aux Français ;

Le malheur aux vertus ajoute un nouveau lustre,

---

* *Trop....* On se souvient que Mgr. le Duc de Berri, sur son lit de douleur, demanda au Roi la grâce de l'homme.

Les Bourbons sur nos cœurs régneront à jamais :

D'un peuple généreux exauçant la prière,

Le Ciel déploie enfin son amour paternel;

Il prouve d'un seul trait aux enfans de la terre

Que des héros martyrs le sang est immortel.

—————

Nos champs ont retenti de concerts d'allégresse,

Déjà le laboureur sourit au siècle d'or,

Et cédant aux transports de la plus douce ivresse,

Les arts quittent le deuil et prennent leur essor.

Des Princes, ses aïeux, relevant l'espérance,

Un fils de Saint Louis s'annonce à l'univers;

Sous le toit indigent il porte l'abondance,

Et du coupable même il vient briser les fers.

—————

De ses heureux destins accepte le présage,

France : tu le verras, ce noble rejeton,

Consolider les droits d'une liberté sage,

Et du vainqueur d'Ivry mériter le renom.

Tu le verras encor dans la paix, dans la guerre,

Pour le bonheur des siens créer de justes lois;

Instruit, dès son aurore, aux leçons de sa mère,

Il sera comme HENRI le modèle des Rois.

www.ingramcontent.com/pod-product-compliance
Ingram Content Group UK Ltd.
Pitfield, Milton Keynes, MK11 3LW, UK
UKHW031758170726
13836UKWH00003B/1050